I Gruffudd ac Ifan
CWJ

I fy ffrindiau bach, Aidan a Noah xx
SC

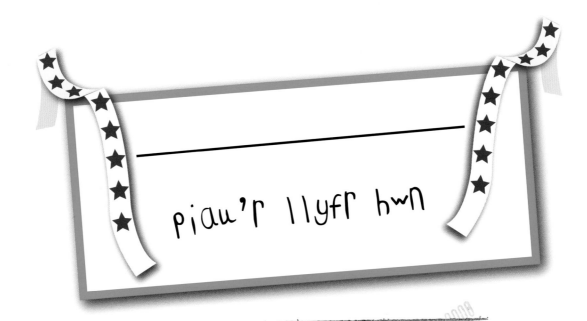

piau'r llyfr hwn

Cyhoeddwyd yn 2008 gan
Wasg Gomer, Llandysul, Ceredigion SA44 4JL

ISBN 978 1 84323 962 8

ⓗ Ceri Wyn Jones a Suzanne Carpenter, 2008

Mae Ceri Wyn Jones a Suzanne Carpenter wedi datgan eu hawl
dan ddeddf Hawlfreintiau, Dyluniadau a Phatentau 1988
i gael eu cydnabod fel awdur ac arlunydd y llyfr hwn.
Seiliwyd y syniad ar waith gwreiddiol gan Daniel Morden.

Dymuna'r cyhoeddwyr gydnabod cymorth
Cyngor Llyfrau Cymru.

Argraffwyd a rhwymwyd yng Nghymru gan
Wasg Gomer, Llandysul, Ceredigion SA44 4JL
www.gomer.co.uk

Nawr 'te, Blant

Ceri Wyn Jones   Suzanne Carpenter

Gomer

Botyma dy grys, Rhys.

Dal hi, Mali!

Cewyn glân, Siân?

Paid bod yn iob, Rob!

Am gorryn tew, Llew!

pryfed

insects

lluniau

Chwytha dy drwyn, Swyn.

pictures

Paid bod yn sili, Lili!

Mae'n debyg i grefi, Defi.

Bydd yn ofalus, Alys.

Jam neu ham, Sam?

Mae'r gloch wedi canu, Dani.

Does neb fel fi,
Dad-cu!